LE BOIS

DE BOULOGNE,

POËME

SUIVI DE NOTES HISTORIQUES
ET CRITIQUES,

Par DUSAUSOIR, *Membre de la Société
des Belles - Lettres.*

A PARIS,

Chez ROULLET, Libraire, Palais Egalité,
passage de la Galerie-Neuve, n°. 38, et rue
des Poitevins, n°. 6.

An IX. (1801.)

NOTE PRÉLIMINAIRE.

Cet opuscule a été composé en 1775 : j'étois loin de le destiner à l'impression ; je m'étois borné à le lire dans plusieurs sociétés , où il fut accueilli avec bienveillance ; quelques copies furent lors confiées à des amis.

Depuis cette époque il est survenu tant de changemens et dans l'existence de ce bois enchanteur, objet de mon travail , et dans les mœurs du peuple qui le fréquente , que je me suis vu obligé de refondre entièrement mon ouvrage , les tableaux dont il est semé n'auroient plus été vrais ; j'ai donc été dans la nécessité d'employer d'autres couleurs , pour peindre avec plus de fidélité les promenades délicieuses qu'offre le bois de Boulogne , sur-tout celles de *Long-Champs* et de *Bagatelle* , rendez-vous très-fréquentés de nos nouvelles courtisannes , et de nos élégans du jour ; je n'ai laissé subsister que les tableaux , qui dans tous les temps, ont fait et feront de cette promenade , la plus agréable et la plus variée de celles qui environnent Paris.

Néanmoins j'aurois eu peine à me résoudre à la publication de cet opuscule ; je ne l'ai jamais regardé que comme un simple délassement ; mais un motif dont je dois rendre compte, m'a fait surmonter ma répugnance.

Il y a trois ans, dans les jours consacrés à la promenade de Long-Champs, je fus extrémement surpris d'en trouver un fragment tout entier dans les mains des colporteurs, qui le vendoient imprimé; j'ai toujours ignoré qui avoit pu commettre cette indiscrétion. Sans m'en plaindre, j'y ai remédié, et n'ai pas laissé subsister un seul vers de ce fragment qui m'avoit été dérobé; je l'ai refait en entier, et j'y ai ajouté plusieurs tableaux qui avant n'y existoient pas.

J'ai cru devoir joindre des notes, qui m'ont paru prêter quelqu'intérêt à ce léger ouvrage; dans les unes je rends hommage à des talens chéris; d'autres sont historiques; d'autres enfin offrent la critique générale de nos mœurs actuels.

Ridendo dicere verum
quid vetat ?

LE BOIS DE BOULOGNE;

POËME.

L'Aquilon suspend ses fureurs ;
Zéphir folâtre dans la plaine,
Et de sa bienfaisante haleine,
Il caresse les jeunes fleurs ;
Brillant d'une clarté plus pure,
Soleil ! Tu chasses les glaçons,
Et la chaleur de tes rayons,
Donne la vie à la nature ;
Déjà de l'onde qui murmure,
Tu rends le flot plus argenté,
Et sur l'horison qui s'épure,
Tu planes avec majesté ;
On entend déjà sous l'ombrage,
Les joyeux concerts des oiseaux ;
Enchanté d'un si doux ramage,
Et fatigué de son repos,
Echo s'éveille, et du rivage,
Sa voix agite les roseaux ;
Déjà la naïve bergère,
S'égare et va dans le verger ,

A 3

Cueillir la rose printanière
Qu'elle destine à son berger ;
On entend les jeunes fauvettes,
Par leurs chants peindre la gaité,
Elles disent aux bergerettes,
Aimés ! c'est la félicité.
On voit les vives allouettes
S'élancer déjà dans les airs ;
Pour revoir ses chères retraites
Prochné franchit les vastes mers ;
Gentil Colin, près de Lisette
Fredonne des sons amoureux ;
De fleurs il orne sa houlette,
Elle sourit, il est heureux !
Dans ces beaux jours où tout inspire
Et l'amour et la volupté ;
J'ose, dans un heureux délire
Peindre ce séjour enchanté,
Ce bois où pour mieux nous séduire,
Le plaisir tient sous son empire,
Les Graces, les jeux, la beauté.

Vergers de l'antique Idalie,
Séjour autrefois si charmant ;
Bois rians de la Thessalie,
Où le Pénée en serpentant,
Venoit mouiller l'herbe fleurie ;
Ah ! Vous devez porter envie,
A ce bois, qui dans ces instans,
Èchauffe mon foible génie,
Et devient l'objet de mes chants.

Savant traducteur de virgile, (*a*.)
Des jardins chantre harmonieux,
Prête-moi ta plume facile,
Pour remplir dignement mes vœux!

Et toi dont la *mélancolie* (*b*)
Chaque jour charme mes loisirs,
Dont les vers enfans du génie
Font tant aimer les souvenirs ; (*c*)
Toi, dont les écrits tout de flamme,
Rendent hommage à la beauté, (*d*)
Et font connoître de ton ame,
La douce sensibilité ;
Toi dont la muse inépuisable,
Instruite par la vérité
Vient de chanter ce sexe aimable,
Sexe, par qui l'homme enchanté
Peut dans un transport agréable
Braver le malheur qui l'accable
Et sourire à la volupté ;
Toi qui fais passer dans nos ames,
Ce feu sacré, ces vives flammes,
Ce respect si bien mérité,
Qu'inspirent les vertus des femmes,
Sources de la félicité ;
Cher *Legouvé* ! dès ton aurore
J'ai prévu tes brillans succès ;
J'ai peine à concevoir encore,
Qu'*Abel* (*e*) fut un de tes essais ;
Écoute un ami qui t'implore,

A 4

Inspire-moi ces vers heureux :
Que ton rare talent décore !
Je peins ce bois délicieux ,
Ces ombrages voluptueux ,
Où loin du fracas de la ville ,
L'Amour se plaît parmi les jeux ;
Ce bois , où toujours près des graces
Il vient sourire à la beauté ;
Où conduit par la volupté ,
Le désir fixé sur ses traces
Rend le calme au cœur agité.
De Paris , ville fastueuse
Où regne la frivolité ,
Il borne l'enceinte orgueilleuse ;
On voit la Seine ambitieuse ,
S'étendant avec majesté ,
De son onde capricieuse
Baigner les murs avec fierté.
C'est là que le Dieu de Cythère
Se plait à fixer son séjour ;
Auprès de lui sur la fougère
Les jeux embellissent sa cour ;
Ce Dieu couché sur l'herbe tendre ,
Y vient déposer son carquois ,
Et pour mieux s'y laisser surprendre
Il y sommeille quelquefois ;
A son réveil , les dons de Flore
Etalent leurs vives couleurs ;
La rose s'empresse d'éclore ,
Et l'incarnat qui la colore ,

Ajoute à ses attraits flatteurs ;
Près du Dieu , la douce espérance
Sur lui jette un regard serein ,
Elle offre à ses yeux l'innocence
Qui près de lui rougit soudain !
L'Amour., en la voyant si belle ,
Sent naitre un charmant embarras,
Il s'agite , il vole près d'elle ,
Il rend hommage à ses appas ,

Le Philosophe solitaire ,
Epris de ces ombrages frais
Aux ennuyeux vient s'y soustraire ;
Ses regards n'y sont point distraits ;
Observateur de la nature ;
Il y contemple sa beauté ,
Et d'une lumière plus pure ,
Il y voit briller la clarté.

Soulagé du poids de ses armes ,
Loin du tumulte des guerriers ,
Le héros séduit , sans allarmes ,
En mirthes change ses lauriers ;
Il y médite une victoire
Qui le conduise au vrai bonheur,
Il aspire à la douce gloire ,
De conquérir un jeune cœur.

Là , de Thémis appui fidèle
Le juge perd sa gravité ,

Près d'une naissante beauté
Sa figure se renouvelle ,
Le plaisir fait briller sur elle
Une aimable sérénité.

Avec une épouse chérie,
Lamon , père d'enfans nombreux ,
Sur l'herbe naissante et fleurie ,
Se livre à ces transports joyeux
Qui font le charme de la vie ,
Et nous offrent des jours heureux ;
Débarrassé du soin pénible
Suite ordinaire du travail ,
Il éprouve un plaisir sensible
A contempler ce vif émail ,
Dont la libérale nature ,
Pour rendre ces bosquets charmans ,
Couvre la naissante verdure
Throne champêtre des amans ;
A la jeune et folle Laurence
Qui compte à peine huit printems ,
Il sourit avec complaisance ;
De sa folâtre pétulance
Il observe les mouvemens :
Plus loin deux espiègles aimables
Sur la pelouse Sautillans
Par leurs efforts infatigables
Inventent mille jeux charmans ,
Tantôt , une balle légère
Que chasse et rechasse un instant,

Tombe , bondit, roule par terre
Et reste le prix du gagnant ;
Tantôt à leur humeur changeante ,
Un lin que travaille Arachné ,
Par son adresse complaisante ,
Aux jeux des enfans destiné ,
Offre une tresse vacillante ,
Que deux bras souples font mouvoir ;
Ah ! c'est alors qu'il faut les voir
Par cent tours que l'un d'eux invente
Montrer cette ardeur pétulante ,
Qui du papa comble l'espoir !
A son côté , sur la fougère ,
Il voit son petit Benjamin ,
Caresser une tendre mère ,
Et succer son nectar divin ;
Sur cette source d'ambroisie ,
Le fripon fixe un œil mutin ,
En jouant y puise la vie
Et s'applaudit de son larcin.
Bon Lamon , quel heureux destin !
Dans tes yeux brille l'allégresse
Qui soudain ravive tes sens ;
Tu te revois dans ta jeunesse
En contemplant ces chers enfans
Qui par leurs jeux intéressans
Eloignent de toi la vieillesse,
Et te rappellent ton printems ,
L'un te sourit , l'autre te presse ,
Et Laurence qui te caresse ,
De fleurs orne tes cheveux blancs.

Plus loin c'est un amant timide
Dont l'amour embrâse le cœur ;
Un tendre mouvement le guide,
Il croit entrevoir le bonheur ;
Auprès de sa jeune maîtresse,
Il vole, exprime sa tendresse ;
Par un flateur espoir séduit,
Il cède au beau feu qui le presse,
Et sa crainte s'évanouit.
Là , des plaisirs la troupe aimable
Lui prodigue mille faveurs,
L'amour d'une main secourable,
Va lui-même cueillir les fleurs,
Dont la nature favorable
Couronne les sensibles cœurs ;
Sous l'ombre heureuse du mystère,
Il entrevoit la volupté,
Préparer à son cœur sincère ,
Le prix tant de fois souhaité.

Ici la naïve Glicère,
Soumise à la loi du devoir,
Peut loin des regards de sa mère
S'y livrer au plus doux espoir;
Elle y voit l'image riante
De ce bonheur si précieux
Objet des vœux d'une ame aimante
Qu'amour embrâse de ses feux ;
Paisiblement elle y respire,
Et dans son doux égarememt
Elle se plait ; elle soupire

Et s'abandonne à son penchant ;
Telle on voit une fleur timide,
Sous l'herbe elle attend le zéphir ;
Du matin la vapeur humide
La prépare à s'épanouir.

L'œil en parcourant ces bocages,
Découvre un spectacle enchanteur ;
Là, toujours le ciel sans nuages
Offre l'image du bonheur.

Ici la naïve bergère,
M'offre un modèle de beauté ;
Quand je vois sa danse légère,
Mon cœur se livre à la gaité ;
Des fatigues de la semaine,
Elle y vient oublier les maux,
Elle suit le goût qui l'entraîne,
Le plaisir lui sert de repos.

Plus loin, Lubin auprès d'Anette
Se livre aux transports de son cœur ;
Dans une simple chansonnette,
Il lui peint sa rustique ardeur ;
Par un innocent badinage,
Il trouve l'art de l'enflammer ;
La fillette fait la sauvage,
De courroux elle veut s'armer ;
Il l'appaise par un baiser,

Il la conduit sous le feuillage,
Hélas! en faut-il davantage?
Elle se rend sans y penser.

C'est là que la brillante aurore,
Eclairant la voûte des cieux,
Sur la fougère jeune encore,
Vient surprendre l'amant heureux;
La tourterelle gemissante
Y vient roucouler sous l'ormeau,
Sa voix plaintive, intéressante
Appelle son cher tourtereau;
Il vole, et bientôt sous l'ombrage,
L'amour va couronner ses feux;
Il s'agite sous le feuillage,
Son doux, mais langoureux langage
Me dit qu'enfin il est heureux.
Zéphir s'éveille, et son haleine
Caresse la naissante fleur;
Bastien à la timide Hélène,
Offre l'hommage de son cœur,
Sa touchante mélancolie
Lui reproche un trop long sommeil,
L'amour se met de la partie,
Hélène chérit son réveil.

Sans doute, en un de vos bocages
Boufflers, moderne Anacréon,
A la faveur de vos ombrages
Venoit essayer son crayon;

Sous le manteau de la folie,
Là, par les graces embellie,
Sa muse analysoit les cœurs ; (*f*)
Là, sur les aîles du génie
D'*Aline* (*g*) il contoit les grandeurs ;
Le dieu charmant de la nature
Prenoit plaisir à l'inspirer,
Quand sur un trône de verdure
Ensemble ils osoient s'égarer.

Par une fraîche matinée,
Là, de *Vigée* auteur charmant,
La muse de fleurs couronnée,
Alloit méditer *sa Journée*, (*h*)
Ce poëme aimable et piquant,
Dont le vers facile, élégant
Enchante l'oreille étonnée ;
Et malgré l'affreux sifflement
D'une critique empoisonnée,
De l'enceinte de l'*Athénée* (*i*)
Lui fit franchir le pas glissant.

Et toi dont les nombreux ouvrages
Ont désespéré tes rivaux,
Ombre à qui j'offre les hommages
Qu'ont mérité tes longs travaux ;
Charmant poëte, ami des graces,
Dorat, sous ces ombrages frais,
Tu suivis pas à pas les traces
D'une beauté dont les attraits,

Enflammant ton fecond génie
Du feu séduisant des désirs,
Loin de toi repoussoit l'envie,
Et t'environnoit des plaisirs.
Là pour toi brilla cette flamme
Dont tes baisers voluptueux,
En les lisant, pénètrent l'âme
D'un sentiment délicieux.

Conteur naïf, ingénieux,
Guichard (k) dont l'esprit bon, aimable,
Dans tes vers purs et gracieux,
Sous les traits naïfs de la fable,
Nous rend la morale agréable
Quand ta muse l'offre à nos yeux !
Disciple heureux de *Lafontaine*,
Comme lui modeste et savant,
Comme lui toujours esquissant
Le tableau de la vie humaine,
Sous tes pinceaux si ressemblant;
Permets que de ton ame pure
J'ose interroger les secrets !
Dis? N'est-ce pas dans ces bosquets,
Sous cette voûte de verdure,
Que pour mieux tracer tes portraits,
Tu viens consulter la nature,
Loin de tous regards indiscrets?

LA

LA COURTISANNE PUNIE.

ANECDOTE.

Bois charmans, qui dans le silence,
Favorisez des feux constans,
Vous servez aussi la vengeance,
Plaisir des dieux et des amans !
Armé de flèches redoutables,
Quelquefois le jeune Anthéros,
Quittant le séjour de Paphos,
Y vient des amantes coupables
Troubler le perfide repos ;
Il prend soin de venger son frère,
Et toujours son fatal carquois
Est armé d'une flèche amère ;
Ce dieu trop jaloux de ses droits
Punit, dans son humeur sévère,
L'ingrat qui méprise ses loix.
Outragé de votre inconstance,
Jeune Zélis, à votre amant
Lui seul a dicté la vengeance
Qui causa votre long tourment ;
Sous l'air carressant de l'enfance,
Le fripon sait en imposer,
Il a trompé votre prudence,
Et malgré votre expérience,
Il a trop su vous abuser.
Votre amant a pu vous séduire ;

B

D'abord il a flatté vos yeux,
Par ce métal qui tout attire ;
Il a pris soin de vous conduire
En ces bosquets silencieux,
Où tant de fois, loin des allarmes,
Vous alliés, prodiguant vos charmes,
A qui savoit les payer mieux ;
Il a feint d'oublier l'outrage
Que vous aviez fait à son cœur,
Comme lui, que n'étiez-vous sage ?
Vous eussiez prévu ce malheur !
Mais hélas ! le plaisir engage,
Votre sexe en chérit l'erreur !
Dieux ! quelle fut votre surprise ?
Quelle frayeur troubla vos sens,
Quand vous vîtes votre méprise ?
Imprudente, il n'étoit plus tems.
Votre amant outrage vos charmes,
Il fuit vos séduisans regards ;
Sans pitié pour vous, pour vos larmes,
Il vous laisse en proie aux hasards :
Seul il revient, seul il vous laisse,
Zélis, vous soupirez en vain !
Vous sentez le trait qui vous blesse,
Et pleurez sur votre destin :
Encor si quelque faune aimable
Se fut offert devant vos yeux !.....
Un faune est quelquefois traitable,
Dans quelque transport favorable
Il vous eût fait un sort heureux.

Mais non ! dans l'épaisseur des ombres
Vous traînez vos pas chancelans ,
Et de la nuit les voiles sombres,
Pour cette fois font vos tourmens !
Dans un désert abandonnée ,
Vous invoquez en vain les Dieux ;
Les cruels sont sourds à vos vœux.
Ah ! Zélis , belle infortunée,
Piège d'amour est dangereux !

Quel autre tableau se présente ?
Quelle aimable variété
Frappe mes yeux et les enchante ?
Aux cieux je me crois transporté :
Etes-vous donc, bois agréable ,
Le centre de tous les plaisirs ?
Et par quel charme inconcevable
Comblez-vous ainsi mes désirs ?

PROMENADE DE LONG-CHAMPS.

Long-Champs par quel brillant prestige
Viens-tu surprendre mes regards ?
Ce que je vois tient du prodige !
Là , parmi cent groupes épars
Nos plus séduisantes coquettes ,
Cédant a de jaloux transports,
De l'art varié des toilettes
Prodiguent les secrets efforts !

Quel est donc ce leste équipage
Emporté sur l'aîle des vents ? . . . .
Quelle est cette nymphe volage
Dont les regards vifs et perçans,
La taille, le joli visage,
Fixent nos papillons charmans ?
C'est Julie ! Elle attend l'hommage
De nos modernes élégans ;
L'éclat de sa perruque blonde,
Lui prête un attrait plus piquant ;
C'est Vénus qui sortant de l'onde,
Vient frapper les regards du monde,
Par le plus doux enchantement !

Voyez cette fière amazone
Que porte un superbe coursier :
C'est Daphné ! son adresse étonne,
De Bellone elle a l'air guerrier ;
A sa voix, l'animal docile,
Ennorgueilli de son fardeau,
Franchit les rangs d'un pas agile,
Il brille d'un attrait nouveau ;
De son encolure hardie,
Il semble tirer vanité ;
D'une croupe bien arrondie,
Il fait admirer la beauté ;
De ses nazeaux l'ardeur brûlante
Annonce sa vivacité ;
Voyez-vous sa bouche écumante
Ronger le mors avec fierté ?

Sous une ondoyante crinière,
Qu'agitent les vents amoureux
Il balance une tête altière,
Et sous ses pas majestueux
Vole un tourbillon de poussière
Qui cache la nymphe à nos yeux.

Collet plissé, large cravatte,
D'huile antique bien parfumé,
Un *Titus* de nouvelle date,
Près d'elle vient, se croit aimé;
Son air, son maintien, tout annonce
Que des belles enfant gâté,
En tous lieux il se croit cité;
Sur tout il décide, il prononce,
Il juge avec autorité;
Puis il vole de belle en belle,
Répète mille jolis mots,
Mots que sa mémoire fidelle
Sait lui fournir à tout propos;
Délis, la sévère Lucrèce,
Et nos dames de l'Opéra,
Séduites par sa gentillesse,
Disent en chœur..... Ah! le voilà!
De la prude et de la coquette
Flattant les gouts également,
A l'une il parle de toilette,
A l'autre il parle sentiment.
Enfin, se caressant lui-même,
Il se dérobe en *rougissant*,

B 3

Et plein de son bonheur suprême,
A la grisette qui l'attend,
Il court siffler un *ze* vous aime !
Puis il *s'essappe* en minaudant.

Mons Turcaret, dont la marotte
Est de trancher du grand seigneur,
Sur un cheval pesamment trotte,
Et tout bouffi de sa valeur,
Suivi de deux garçons de ferme,
Qu'il a travestis en jokeis,
Oublie enfin, (tout a son terme !)
Que lui-même il fut un laquais.
Il s'imagine qu'on l'admire ;
Ce lourd Midas, bien hébêté,
Gorgé d'or, ivre de délire,
Ne voit pas qu'il apprête à rire
Par sa stupide vanité.
Ah ! combien, depuis dix années, (*n*)
On voit de Turcarets nouveaux,
De leurs premières destinées,
Fuyant les utiles travaux,
Loin de leurs femmes délaissées,
Sous le chaume obscur des hameaux,
Au mépris des nœuds conjugaux,
Près de nos nymphes empressées,
En *bockeis* changer leurs sabots.

Fils de l'intrigue et de l'audace,
Voyez ce commis insolent :
Sur son bienfaiteur qu'il remplace,

Il jette un regard insultant,
Et semble encor lui faire grace !
C'est lui qui, dans un char léger,
Auprès de la jeune Eliante,
Plein d'une ardeur impatiente,
Se présente, et va s'engager ;
Le voyez-vous ? comme il s'élance
Pour prendre la file à son tour !
Emporté par sa pétulence,
Il ne prévoit pas le retour !
Phaëton moderne et bizarre
Sa vanité cache l'écueil
Qui l'attend dans cette bagarre
Où doit échouer son orgueil ;
Mais soudain la file recule ;
Voila mon fat embarrassé,
Et ce Phaëton ridicule
Avec sa nimphe est renversé.

Ah dieux ! que ce mélange rare
Offre de quoi charmer les yeux !
A chaque pas il me prépare,
Un nouveau moyen d'être heureux ;
O du plaisir brillans fantômes,
Vous ne pouvez m'en imposer !
Mais du ridicule des hommes,
Le sage a droit de s'amuser.
Mon cœur, toujours exempt d'allarmes,
Va contempler d'autres beautés ;
Non, non ! je ne crains point vos charmes
Tous vos attraits sont empruntés.

LA MUETTE. (*o*)

Passi ! près de ta riche enceinte
S'élève un Palais enchanté,
Où le plaisir peut sans contrainte
Cueillir les fleurs de la gaité ;
Diane en est la souveraine,
Elle y règne avec majesté,
Loin de ce faste qui la gêne,
Auprès du berger qui l'enchaîne,
Oubliant la divinité,
Se livre au penchant qui l'entraîne
Et dépouille sa gravité ;
De Vénus elle prend les charmes,
Et cédant à l'humanité,
Dans ses beaux yeux mouillés de larmes,
Brille encor l'immortalité.

LE RANELAGH. (*p*)

Pour embellir cette retraite,
Non loin d'elle accourent les jeux ;
Les sons joyeux de la musette
Semblent y prévenir nos vœux ;
Le chant d'une vive allégresse
Par tout, et toujours répété,
Annonce qu'au sein de l'ivresse
Vénus en est la déité ;

Là , sous une voûte sonore ,
Fidèle écho de la gaîté ,
Un doux regard de Therpsicore
Anime la jeune beauté ;
C'est là qu'en foule sur ses traces
On voit nos légers papillons ,
Folâtrant sur le sein des grâces ,
Braver la fureur des frelons.
Que de rendez-vous agréables
Se donnent en ces lieux charmans!
Que de soupirs intéressans
Au milieu de ces jeux aimables ,
Savent les rendre plus touchans !

MADRID. (q)

Plus loin c'est un palais antique ,
Monument éternel des arts ,
Dont l'architecture gothique
Attire sur lui les regards ;
Sans doute en ce lieu solitaire ,
François , digne et preux chevalier ,
Sous le voile épais du mystère ,
Venoit déposer son laurier.
Là , d'une cour tumultueuse
Il fuyoit l'éclat imposteur ;
Il s'y déroboit au flatteur ,
Dont la bassesse insidieuse
Cherchoit à corrompre son cœur ;

Là , d'une nuit délicieuse ,
Qui le couvroit d'une ombre heureuse ,
Il se livroit à son ardeur ;
Au sein de l'amoureuse ivresse ,
Près d'une aimable enchanteresse ,
Ce roi , des beaux arts protecteur ,
Eprouvoit que tendre foiblesse
Est préférable à la grandeur.

PROMENADE DE BAGATELLE. (r)

Non loin des rives de la Seine ,
Est un séjour voluptueux ,
Où chaque jour l'amour amène
Mille objets qui charment nos yeux ;
C'est là que le plaisir appelle ,
Il y brille de toutes parts ,
Et sur les murs de *Bagatelle* ,
On voit flotter ses étendarts :
Charmant séjour , lieu des délices ,
Où la beauté parmi les fleurs ,
S'égarant au gré des caprices ,
Voltige d'erreurs en erreurs ;
Qui pourroit décrire vos charmes ?
Sous votre feuillage enchanté
On ne connoît point les allarmes ,
Tout y respire la gaîté ;
De tous côtés , dans vos boccages ,
Silvains et faunes amoureux ,

De Vénus respirant les feux,
Près de nos dryades volages,
A son fils consacrent leurs jeux;
Le silence de vos ombrages,
Que n'osent troubler les zéphirs,
Défend qu'aux plus prochains rivages,
Echo reporte leurs soupirs :
De toutes parts on s'y rassemble,
Pour y rencontrer le bonheur,
Et l'on y voit briller ensemble,
Et la nature et l'art vainqueur;
Auprès de la modeste fleur
A chaque pas le luxe étale
Ses plus industrieux efforts;
Le diamant, l'or et l'opale
Y mêlent leurs brillans trésors;
Là, nos gentilles courtisannes
Offrent leurs attraits demi-nus,
Aux regards sans goût et profanes
De nos avides parvenus;
Dans mille routes sinueuses,
On entend nos légers *Titus*,
A nos syrènes doucereuses.
Fredonner de méchans *rebus*;
Sur cette scène enchanteresse,
Où se succèdent tour-à-tour
Et la folie et la sagesse,
Et l'infortune et la richesse,
On voit briller dans un grand jour
Ces agioteurs implacables,

Qui le matin sur le Perron,
Par leurs calculs impitoyables,
De notre or font ample moisson ;
Ces cœurs, toujours inexorables,
Insensibles à l'amitié,
Bien froids, bien sourds à la pitié,
Dans leurs désirs insatiables,
Insultant aux infortunés,
De leurs trésors inépuisables
Prodiguent l'or à nos Phrynés ;
Des jours languissans de leur père
Ils perdent jusqu'au souvenir ;
Tandis qu'éloigné d'eux un frère,
Sous le fardeau de la misère,
Privé de pain se voit périr,
Ils proposent une orgie ! ! !
Là, pour terminer le festin,
Le Champagne, la Malvoisie,
Eveillent Zulmis, Aspasie,
Qui fières d'un si beau destin,
Dans un transport plus que badin,
Vont folâtrer sous le feuillage,
Et troubler le riant boccage
Qu'habite l'oiseau du matin.

Tout en ce bois m'offre sans cesse
Le miroir de la vérité ;
Tout m'y sourit, tout m'intéresse ;
Une douce sécurité,

M'y fait oublier les allarmes
Qui désolent l'humanité,
Et mon cœur y goûte les charmes
D'une paisible obscurité.
J'y repose sous ces ombrages
Où l'aîle du jeune zéphir
Agite les naissans feuillages,
Pour mieux caresser le plaisir ;
Le suc des pavots de Morphée
Porte le calme dans mes sens :
Un songe heureux à ma pensée
Retrace mille objets touchans ;
A mon réveil, la fleur brillante
Me fait respirer son odeur,
Son éclat me ravit, m'enchante,
Et son parfum passe en mon cœur.
Après un sommeil agréable,
On m'apporte sur le gazon
De Bacchus le jus délectable,
Et quelques fruits de la saison ;
De plaisirs mon âme ennivrée,
En ces instans voluptueux,
Aux plus doux sentimens livrée,
Jouit d'un bien délicieux.

Bosquets charmans, que le ciel même
A préparé pour le plaisir ;
Bois enchanteur, séjour que j'aime
Dont le calme invite à jouir,

Quoique de son haleine impure ,
Le crime ait terni quelquefois
La fraîcheur de votre verdure ,
Ce silence de la nature
A mes chants vous donne des droits ;
Si par hasard , de votre ombrage
Le mystère et l'obscurité
Accueillent l'immoralité ,
C'est pour mieux dérober au sage
Les erreurs de l'humanité.

Fin du Poëme.

NOTES.

(a) *Savant traducteur de Virgile.*

Delisle, autrefois professeur de poésie au collége de France; l'un des quarante de l'académie française; traducteur des Georgiques de Virgile; auteur du poëme des *Jardins*, et de l'*Homme des Champs*; aujourd'hui loin de son pays, dans une terre étrangère, il n'est plus que..... l'objet de notre admiration et de nos regrets !

(b) *Et toi dont la mélancolie.*

La *Mélancolie*, poëme charmant de *Legouvé*, membre de l'institut national; cet ouvrage imprimé, il y a environ deux ans, a eu quatre éditions enlevées avec une rapidité qui honore le goût, et prouve que l'amour de la belle poésie n'est pas encore perdu; eh ! qui pourroit ne pas éprouver les sensations les plus délicieuses, quand recueilli dans un lieu solitaire, sous un frais ombrage, on lit des vers pareils à ceux que je prends au hasard dans le poëme cité, et que je transcris ici :

« Sous ces bois inspirans coule-t-il un ruisseau ?
» L'émotion redouble à ce doux bruit de l'eau
» Qui, dans son cours plaintif qu'on écoute avec charmes,
» Semble à la fois rouler des soupirs et des larmes ;
» Et qu'un saule pleureur, par un penchant heureux,
» Dans ses flots murmurans trempe ses longs cheveux ;
» Nous ressentons alors, dans notre ame amollie,
» Toute la volupté de la mélancolie. »

(c) Font tant aimer les souvenirs.

Les *Souvenirs*, autre poëme non moins délicieux du même auteur; ouvrage où son ame douce et bienfaisante, se peint avec autant d'énergie que de candeur. Pour prouver ce que j'avance , il me suffit de citer le passage suivant :

« C'est peu de rajeunir le vieillard étonné,
» Les souvenirs aussi charment l'infortuné.
» Un riche du destin éprouvant l'inconstance ,
» Est-il de sa splendeur tombé dans l'indigence?
» Si de nos parvenus il n'eut point la hauteur ,
» Si du foible toujours il fut le protecteur ,
» Si le mérite obtint ses secours , ses hommages.
» Qu'il reporte ses yeux sur ces douces images ,
» Il se croit riche au moins de ses nombreux bienfaits,
» Et reste heureux encor des heureux qu'il a faits. »

(d) Rendent hommage à la beauté.

Legouvé vient tout récemment de publier un nouveau poëme sur le *mérite des femmes* ; cet ouvrage, qui obtient le plus brillant succès , est enrichi de notes aussi instructives qu'intéressantes. Il appartenoit à ce poëte dont la célébrité n'est plus douteuse , de mêler quelques-uns de ses lauriers aux myrthes qui ceignent le front de cette charmante moitié du globe , destiné à faire le bonheur de l'autre...... Mais quel souvenir me rappelle ce nouveau poëme que le public se procure avec avidité ! Hélas ! il y a près de deux ans , j'ai osé traiter le même sujet, et j'ai publié un *Epître aux détracteurs des femmes :* quelle imprudence !... Oublions cette audace, et livrons-nous au plaisir de rendre au talent supérieur l'hommage qui lui est dû , et payons-lui le tribut de notre reconnoissance, en offrant à nos lecteurs quelques morceaux extraits de ce beau poëme. Quoi de mieux senti et de plus
brûlant

brûlant que cette description de l'amour, dont je me
borne à citer quelques vers :

. . . .

. . . .

« Sort du sommeil des sens et s'éveille à l'amour.
» Déjà son front se peint d'une rougeur timide;
» Dans son regard plus vif brille une flamme humide;
» Son cœur s'enfle et gémit; de ses soupirs troublé,
» Tout son sein se soulève, et retombe accablé;
» Dans ses veines en feu son sang se précipite;
» Son sommeil le fatigue, et son réveil l'agite;
» Il s'élance inquiet, avide, impétueux,
» Il promène au hasard ses vœux tumultueux,
» Il poursuit, il appelle un bonheur qu'il ignore;
» De qui le tiendra-t-il? C'est d'une femme encore :
» Une femme en secret lui rendant ses soupirs,
» Rêveuse, s'abandonne à ses vagues désirs:
» O première faveur d'une première amante !.... »

. . . .

Après cette peinture enflammée, passons à un sentiment plus doux, et voyons comment le poëte nous
offre le tableau de l'amitié :

« Il est (c'est le poëte qui parle), comme l'amour, un lien
  » enchanteur;
» C'est la pure amitié. Tendre sans jalousie,
» Des hommes qu'elle enchaîne, elle charme la vie;
» Mais auprès d'une femme elle a plus de douceur,
» C'est alors que d'amour elle est vraiment la sœur;
» C'est alors qu'on obtient ces soins, ces préférences,
» Ces égards délicats, ces tendres complaisances,
» Que les hommes entr'eux n'ont jamais qu'à demi;
» On a moins qu'une amante, on a plus qu'un ami.
» Est-il quelques projets que votre esprit enfante?
» Vous aimez qu'une femme en soit la confidente;
» Elle pèse avec vous, dans un commerce heureux,
» Ce qu'ils ont de certain, ce qu'ils ont de douteux.

» Etes-vous tourmenté d'une peine profonde?
» C'est un charme à vos maux qu'une femme y réponde ;
» Elle prend mieux le ton qui calme les douleurs ;
» Son œil aux pleurs d'autrui sait mieux rendre des pleurs ;
» Et son cœur que jamais l'égoïsme n'isole ,
» Dit mieux au malheureux le mot qui le console. »

L'auteur , après avoir tracé avec autant de grâces
et d'énergie les doux sentimens de la nature , aux-
quels les femmes ajoutent un charme irrésistible ,
peint leur courage héroïque , et traversant avec rapidité les siècles passés , il parle de ces héroïnes modernes qui, sous le règne affreux de la terreur , ont
donné des exemples si fréquens et si sublimes de vertus à toute épreuve : suivons-le , quand il décrit le
dévouement magnanime de la jeune Sombreuil, modèle de l'amour filial.

. . . .

« Tout frémit..... Une fille au printems de son âge,
» *Sombreuil* vient éperdue affronter le carnage :
» C'est mon père, dit-elle , arrêtéz inhumains !
» Elle tombe à leurs pieds ; elle baise leurs mains,
» Leurs mains teintes de sang! C'est peu : doublant d'audace ,
» Tantôt elle retient un bras qui le menace,
» Et tantôt en s'offrant à l'homicide acier ,
» De son corps étendu le couvre tout entier ;
» Elle dispute aux coups ce vieillard qu'elle adore,
» Elle le prend , le perd , et le reprend encore..... »

C'est assez , je crois , pour justifier le tribut d'éloges
que je paie à *Legouvé.* Je m'en rapporte , au surplus ,
au goût et au cœur sensible de ses lecteurs nombreux.
Mais est-il bien adroit à moi de citer les vers de ce
poëte ? Non , sans doute ! et plus j'en citerai , plus
j'éloignerai le lecteur des miens ; mais je n'ai pu résis-
ter au plaisir de lui témoigner publiquement la haute
estime que ses grands talens m'inspirent.

(e) *Qu'Abel fut un de tes essais.*

La Mort d'Abel, tragédie en trois actes , et en vers , du même auteur. Si l'on se reporte au tems où cet ouvrage a obtenu sa première représentation (*) ; si l'on considère celui qui s'est écoulé depuis cette époque ; si , enfin , on fait attention à l'âge de *Legouvé* , qui finit à peine sa 34e. année, on ne sera plus surpris que j'aie peine à concevoir comment le bel ouvrage dont je parle a été son essai dans la carrière du théâtre.

(f) *Sa muse analysoit les cœurs.*

Tout le monde a présent à sa mémoire la charmante pièce de poésie qui a pour titre le *Cœur,* folie aimable et digne de l'Anacréon français.

(g) *D'Aline il contoit les grandeurs.*

Aline , conte en prose du même auteur, idée ingénieuse , et développée avec cette grâce qui est l'apanage de toutes les productions de *Boufflers.*

(h) *Alloit méditer sa journée.*

De toutes les charmantes productions de Vigée, et dont tout récemment il vient de publier un volume ; le poëme intitulé *ma Journée* , est celui qui a fait la plus vive sensation , et c'est avec raison. Critique fine, délicate et jamais amère ; style facile, correct , élégant ; vers toujours gracieux, tons variés et bien saisis ; images riantes, tournures poétiques ; voilà ce qui caractérise ce poëme que tout le monde sait par cœur.

(*) Elle a eu lieu en 1792 (v. st.)

(*i*) *De l'enceinte de l'Athénée.*

ATHENÆUM, temple consacré à Minerve, déesse tu-
télaire d'Athènes ; lieu où on s'exerce aux sciences
et aux arts.

ATHENÆA, les Athénées, fêtes établies en l'hon-
neur de Minerve.

Il étoit digne d'une ville comme celle de Lyon, qui
a toujours tenu le second rang dans l'empire français, qui a dû sa splendeur aux arts et à l'industrie
de se remettre à sa place, dans ce tems plus heureux où la sagesse d'un gouvernement protecteur des
beaux arts et des lettres, a rendu à la France sa tran-
quillité et sa gloire.

O Meliboee ! Deus nobis hæc otia fecit.

Cette superbe ville vient de former dans ses murs
un établissement digne des beaux jours d'Athènes ;
cet établissement qui, sous le nom d'*Athénée*, réunit
les hommes les plus célèbres dans les sciences et dans
les arts, devoit encore appeler les littérateurs les plus
distingués ; le citoyen Vigée est un de ceux que sa ré-
putation y a conduit. Cette illustre réunion compte
parmi ses membres cet homme qui, à trente-un ans,
a su mériter le haut rang où ses vertus et ses travaux
l'ont élevé ; ce héros qui, modeste dans sa gloire,
aspire bien moins à de nouveaux lauriers, qu'à l'a-
mour du grand peuple qu'il gouverne.

(*k*) *Dorat, en dépit de l'envie.*

Dorat, ci-devant mousquetaire, un des plus fé-
conds et des plus gracieux poëtes du XVIIIe. siècle ; on l'a peut-être jugé trop sévèrement ; peut-
être aussi auroit-il dû ne pas céder à l'ambition d'em-
brasser tous les genres de poésie ; mais, quoi qu'on

puisse dire , l'auteur du poëme sur la *déclamation* , de
la comédie de la *Feinte par Amour* , d'une quantité
de poésies toutes plus aimables les unes que les autres,
n'en demeurera pas moins cher aux véritables amis de
la littérature.

(*k* bis.) *Guichard* , *dont l'esprit bon* , *aimable.*

Guichard , homme estimable sous tous les rapports ;
auteur recommandable autant par son talent intéressant , que par sa rare modestie ; conteur charmant,
fabuliste simple et naturel, son esprit est sans préten-
tion, et a toute la pureté de son cœur ; le plaisir
que ses fables charmantes ont procuré dans les sociétés littéraires où il les a lues, telles que le Lycée
Républicain et la Société Phylothecnique , dont il est
membre , fait désirer qu'il veuille enfin se déterminer
à en publier la collection , qu'on attend avec impa-
tience , et qui lui assigneront , ainsi que ses contes ,
le premier rang , après le bon *Lafontaine* , dans ce
genre si intéressant de la littérature française.

(*l*) *La Courtisanne punie* , *anecdote.*

L'aventure qui a donné lieu à cette épisode , n'est
point imaginaire ; elle a eu lieu. Voici le fait :
Le jeune marquis de *** , mousquetaire, un des
plus aimables *roués* de son tems , favorisé des dons
de la nature et de la fortune , avoit pris une passion
vive pour une des plus célèbres courtisannes qui existoient alors ; cette Laïs moderne , qui ne se piquoit
pas d'une constance bien scrupuleuse , qui, de plus ,
étoit fort intéressée., trompa son mousquetaire, à qui
cela ne plut point du tout : celui-ci, après s'être bien
convaincu de l'infidélité de sa belle , prit la chose assez
gaîment, feignit de l'ignorer absolument, se transporta

chez elle, lui fit un fort joli présent, et l'engagea dans une partie au bois de Boulogne, avec quelques honnêtes *roués* comme lui; la dame accepte; on dîne bien; après le dîner, le jeune homme qui avoit concerté son projet avec ses amis, engage une promenade (c'étoit vers la fin d'octobre, à 6 heures du soir), s'écarte avec sa nymphe, sous prétexte d'avoir avec elle un entretien de confiance, il pénètre bien avant dans un des endroits les moins fréquentés du bois, dont il avoit remarqué les issues, il feint un besoin pressant, prie la demoiselle d'attendre un instant, s'éloigne, rejoint ses amis, monte avec eux en voiture, et laisse enfin la belle désolée, fort inquiète et abandonnée à elle-même, dans un lieu qu'elle ne connoissoit pas, et dont elle ne put se tirer qu'avec peine. Egarée, seule, enveloppée des ombres de la nuit qui s'épaississoit; plus de voiture! que devenir? Hélas! la pauvre affligée prit bravement son parti, revint modestement à pied, arriva chez elle à minuit, sans autres accidens que quelques égratignures aux mains, et les pieds meurtris; ce qui la mortifia le plus, c'est que le lendemain elle devint l'objet des sarcasmes de tout Paris.

(m) *Long-Champs, par quel brillant prestige.*

Long-Champs, ci-devant abbaye de religieuses, située au bout du bois de Boulogne, sur la rive droite de la Seine, en face du village de Suresne, et distante de Paris d'une lieue et demie : cette abbaye fut fondée par Isabelle, sœur de Saint-Louis, en 1260. Cette princesse, sans y être religieuse, habitoit cette maison dans un appartement séparé de la communauté, elle y mourut en 1269. Cette abbaye devenue depuis plus fameuse par la réunion des plus savans musiciens en tout genre, qui pendant la semaine sainte, alloient y chanter les Ténèbres, reçut encore un nou-

veau lustre vers le milieu du 18e. siècle, où la cour et
la ville s'y rendoient en foule pour y entendre la célèbre
Lemaure, chanteuse qui, par la beauté de sa voix, fut
la plus étonnante qu'ait produit la France; mais,
enfin, l'affluence devint si considérable, que depuis
cette époque, l'allée du bois qui conduit à cette abbaye
a été consacrée à une promenade où, pendant les trois
jours, mercredi, jeudi et vendredi de la semaine sainte,
tout ce qu'il y avoit de plus agréable, de plus riche,
et de plus voluptueux à Paris, se rassembloit. Tous
les états s'y confondoient, et depuis le prince jusques
au plus mince commis; depuis la duchesse jusques à la
nymphe d'Opéra, tout y étaloit un luxe étonnant;
ce mélange, la richesse des ajustemens, les cavalcades
nombreuses, et les brillantes voitures qui y affluoient,
offroient un spectacle enchanteur, autant par sa variété que par son élégance.

L'abbaye n'existe plus, mais la promenade est plus
suivie que jamais.

(n) *Ah ! combien depuis dix années.*

Il est certain que de tous les tems, il a existé de ces
êtres pour qui les droits sacrés de la nature, et les liens
de la société n'ont été que des chimères; mais il n'est
pas moins certain que l'égoïsme n'a jamais été poussé
plus loin, et n'est devenu si commun que depuis dix
ans. Il y avoit autrefois un reste de pudeur qui servoit
encore de frein à ces ames viles et insensibles qui n'exis-
tent que pour elles; elles n'osoient se livrer à leurs
fureurs barbares, et craignoient l'évidence; mais aujourd'hui, rien de plus commun; chaque jour nous
offre l'affreux spectacle de pères abandonnés par leurs
enfans, d'époux violant publiquement les loix de l'himen, et délaissent leurs épouses; chaque jour nous
voyons nos Circés modernes, fatiguées de leurs longs
dérèglemens, s'attacher enfin à l'être foible qui, séduit

par leurs complaisances fallacieuses , donne tête bais-
sée dans les piéges qu'elles lui tendent , se laisse maî-
triser par elles , adopte le fruit de leur libertinage , et
sans respect pour lui-même , pour la mémoire de ses
vénérables ayeux , partage le mépris qui couvre la pros-
tituée qu'il a adoptée , sème la division dans une famille qu'il outrage , prépare à ses descendans de plus
grands malheurs encore , en leur ouvrant une source de
procès qui perpétueront à jamais la honte qui a flétri son
existence ; ici vous voyez des frères méconnoître leur
sœur , oublier les bienfaits que , dans leur enfance , ils
en ont reçus; là vous en rencontrez qui , fiers d'une
opulence mal acquise , rougissent de l'infortune qu'en-
noblit la vertu indigente , et fuient avec scandale ceux
de leur famille qui languissent dans la pauvreté ; il en
est qui , comme les premiers , foulent à leurs pieds la
reconnoissance et les droits du sang , mais qui , colorant
leur infamie avec une adresse plus criminelle , affectent ,
quand le hasard les réunit en public avec leurs parens et
leurs bienfaiteurs , affectent , dis-je , des prévenances
astucieuses , les invitent , en les carressant , à venir
partager leur table , et déjà s'assurent des moyens de
les en éloigner ; il en est qui rougissant du nom respec-
table d'un père accablé sous le poids de la misère et des
ans , écartent avec soin tout ce qui peut leur en rappeler
le souvenir : hommes dénaturés ! éblouis par l'éclat
d'une richesse à laquelle ils ne devoient jamais pré-
tendre , ils attribuent à leur mérite personnel les places
qu'ils occupent , et que l'intrigue seule leur a procuré !
Il en est !.... je m'arrête , et détourne mes regards de
ce tableau si affligeant pour l'humanité , et me bornant
au précepte d'*Alceste* , je me rappelle ces deux beaux
vers du 5e. acte du *Philinte de Molière* , et je répète
avec ce même *Alceste :*

« Je les rejette au loin , parmi ces êtres froids
» Qui de ce beau nom d'homme ont dégradé les droits. »

(o) *Passy , près de ta riche enceinte.*

Passy , gros bourg près Paris, dont la grande rue
se termine par la porte du bois qui conduit au village
de Boulogne; en entrant dans le bois, s'élève le château
de la *Muette,* bâti par feu Louis XV , avant-dernier roi
des Français. Le nom de cette maison , suivant quelques-uns , se prononce la *Meutte,* parce qu'ils pré-
tendent que la première intention de Louis XV étoit
d'en faire un simple rendez-vous de chasse ; mais selon
d'autres , on doit dire la *Muette,* qui signifie un lieu
secret et fermé de bois de tous les côtés ; d'ailleurs, la
grandeur des bâtimens , et le séjour que le roi y faisoit
souvent , lui ont mérité un titre plus digne que celui de
la *Meutte,* qui, en effet, n'indique autre chose qu'un rendez-vous de chasse : ce fut à cette maison que la cour
vint se retirer en 1774, lors de la mort de Louis XV ,
arrivée le 14 mai de ladite année , et c'est de ce beau
lieu que Louis XVI , dernier roi des Français , a donné
son premier édit.

(p) *Près de cette aimable retraite.*

Le Ranelagh : en face d'une des parties latérales
du château de la Muette , entre l'avenue de Boulogne
et celle de Madrid , des particuliers avoient fait cons-
truire une salle de danse sous le nom de Ranelagh , où
pendant la belle saison , et moyennant un prix modique
fixé par abonnement, se rassembloit tout ce que Paris
réunissoit de plus élégant; ce qui rendoit la promenade
très-brillante, et en faisoit le rendez — vous de la plus
florissante jeunesse.

(q) *Plus loin c'est un palais antique.*

Madrid, château situé dans le bois de Boulogne ,
près Neuilly , et des rives de la Seine; ce château fut

bâti par *François I*er., à son retour de Madríd, où il avoit été prisonnier ; plusieurs écrivains ont assuré que ce château avoit été construit sur le modèle de celui qu'occupoit ce monarque pendant sa captivité. Il ne put le finir ; mais *Henri II*, son successeur, le fit achever, et y fit placer son chiffre, mêlé avec celui de Diane de Poitiers, sa maîtresse.

(r) *Promenade de Bagatelle.*

Joli jardin qui a été composé avec autant de goût que d'esprit pour le ci-devant comte d'Artois, second frère de Louis XVI. Ce jardin délicieux a l'avantage de se trouver au milieu du bois de Boulogne, qui semble en faire partie : le pavillon qui le termine est d'une élé-gance rare.

Fin des Notes.

HYLAS ET CHLOÉ,

O U

POINT DE ROSES SANS EPINES.

———

I D Y L L E,

Lue à la Séance publique de la Société des Belles
Lettres, le 23 Thermidor an 7.

Pendant une de ces belles soirées où la fraîcheur du printems nous invite à aller respirer un
air pur et parfumé , j'avois fixé mes pas dans un
verger délicieux où l'haleine du zéphir caressoit
avec plus de complaisance les fleurs que la chaleur du jour avoit respectées; là , sous un feuillage agréable , les oiseaux sembloient, par des
accords plus doux , annoncer le repos de la nature ; là , le ruisseau murmurant étendoit son
onde fugitive sur la verdure avide de recevoir
ce secours vivifiant , et sembloit inviter la bergère timide à s'abandonner à sa tendre mélancolie ; là , j'allois moi-même , dans un respect
silencieux , jouir du spectacle magnifique d'un
beau soleil couchant, quand tout-à-coup s'offrit
à mes regards un objet qui ravit tous mes sens.
Non , la nymphe des bois n'a point une taille
plus svelte, une démarche plus légère ! Pressé
par un mouvement que je ne pouvois définir,

je l'aborde ; elle oppose peu de résistance à ma
témérité ; seulement, ses yeux se baissèrent, le
vif incarnat de la pudeur vint colorer son front :
je la fixe, je crois reconnoître la bergère Chloé,
la plus belle des hameaux voisins ; j'ose l'interroger ; ses réponses modestes et ingénues
me confirment dans mon soupçon. Sans défiance
auprès de ce chef-d'œuvre de la nature, je me
livre sans réserve aux doux penchans de mon
cœur. Depuis long-tems j'aimois Chloé ; elle
l'ignoroit ; jamais un de mes regards n'avoit eu
l'indiscrétion de me trahir ; intimément persuadé
que c'étoit elle qui s'offroit à ma vue, je crus que
l'instant étoit arrivé où je devois éloigner cette
timidité, compagne du jeune âge, et qui prête
au plaisir un attrait qu'on ne sauroit bien rendre.
Je lui fis donc les aveux de ce que j'éprouvois
pour elle ; je lui prononçai ces sermens tant de
fois démentis, mais si vifs, si sincères dans un
cœur que le luxe des villes n'a pu encore corrompre ; enfin je me précipite à ses genoux. Je
m'abusois : ce n'étoit point Chloé ! la fausse bergère me fixant lors à son tour, me relève, et me
dit avec une douceur enchanteresse :

Hylas, ta franchise m'est connue, mais je dois
encore l'éprouver ; l'amour à ton âge n'est souvent qu'une séduction : le connois-tu bien ? ce
Dieu est caressant, il nous blesse avec un sourire ; mais combien est imprudent celui qui s'y
livre avec trop de sécurité !

Frappée de mon attention, tout en me tenant ce discours, elle me conduisit dans un parterre, où l'abeille diligente vient chaque matin picorer le calice des fleurs : une rose brillante attire mes regards ; elle s'élevoit avec majesté sur sa tige orgueilleuse ; je m'approche avec ardeur pour la cueillir ; ma main imprudente s'avance trop ; j'arrache la fleur avec vivacité, mais bientôt, pour prix de mon audace, l'épine me pénètre, et je jette un cri douloureux. Quelle fut ma surprise, quand je vis ma perfide compagne se livrer à une joie insultante ! elle me dit avec un sourire ironique : Foible berger, jeune imprudent, tu veux t'exposer aux traits de l'amour, et tu ne peux supporter sans murmure une piquure légère ! Cesse une plainte inutile : tourne les yeux de ce côté, contemple ce jeune et trop intéressant objet, cette autre bergère, dont les pleurs inondent le visage, elle dépose ses peines dans le sein de son amie ; c'est l'innocence parée des ornemens des grâces et de la candeur, elle a cédé au pouvoir de l'amour, l'himen lui a présenté des liens trop séduisans, en les serrant, elle a cru en cueillir les roses, l'infortunée n'en ressent que les épines ; le plaisir seul te séduit, mais apprends que sous ses aîles légères, il a l'art de cacher l'épine dont la nature arma les fleurs ; ose donc te plaindre à présent pour une douleur calmée à l'instant même.

Perfide Chloé, m'écriai-je ! pouvez-vous me

tenir ce langage ? hé quoi ! cet empressement qui m'a porté à choisir cette rose si fraîche, dont l'épine a si cruellement pénétré ma main, mérite-t-il cette ironie amère dont vous m'accablez ? avez-vous dû laisser éclater cette joie barbare, lorsque l'acreté de la douleur me fit pousser un cri ! Quel étoit mon but ? J'ai voulu vous offrir un hommage aussi pur que mon cœur, et vous me punissez ! Est-ce donc là le prix que je devois attendre de ma tendrerse ? Ah ! sexe volage, dont la beauté nous séduit ; notre foiblesse est votre triomphe ; c'est sur notre crédulité que vous fondez votre empire.

A ces mots, la feinte Chloé m'interrompt et me dit : Berger, oui, je te l'avoue, ton courroux m'a causé quelque joie, il est tems que je te désabuse. A l'instant elle dépouille la forme de Chloé, et reprenant ses propres traits, un jeune homme charmant s'offre devant moi ; les boucles de ses blonds cheveux tombant sur ses épaules, couvroient un carquois ; il ajoute : Je ne suis point la bergère qui a captivé ton cœur ; cette aimable enfant est digne du sort le plus doux ; je sais qu'elle n'est pas insensible à tes feux, mais j'ai voulu connoître si tu étois digne d'elle, et cette légère épreuve que je t'ai fait subir m'en a convaincu ; je vous unirai ; je suis l'amour, reconnois-moi ; votre destinée m'intéresse ; apprends, berger indiscret, apprends à supporter un malheur ; écoute les avis que je veux bien te donner. Mon empire est brillant , mais l'erreur l'environne , le caprice l'assiège , les contrariétés l'obsèdent ; pour y trouver le bonheur , il faut vaincre ces obstacles , par une constance à toute épreuve : n'oublie pas , jeune Hylas , ce conseil salutaire , et si tu veux trouver sous ma loi cette félicité qui fait le charme de la vie , répète souvent cette vérité : *Il n'est point de roses sans épines.*

FIN.

www.ingramcontent.com/pod-product-compliance
Lightning Source LLC
Chambersburg PA
CBHW061711180626
46818CB00003B/1356